달마산 메아리

박경표 시집

시음사
시사랑음악사랑

시인의 말

차곡차곡 삶의 자투리를 썼습니다
생각나는 대로 늘 쓰는 습관으로 살아갑니다
시인임이 자랑스럽습니다
늘 시인은 노래 부른다
그 옛날의 사랑 얘기를
그 노래와 같이 인생을 살아가려 합니다
오늘도 추운 날씨에 독자들의 평안을 기도드립니다
숨쉬는 이 순간을 감사드립니다

시인 박경표

QR코드 스마트폰으로 QR 코드를 스캔하면 시낭송을 감상할 수 있습니다 본문 시낭송 감상하기

 제목 : 인생
시낭송 : 장화순

영상은 YouTube 정책 또는 운영 관리에 따라 삭제될 수도 있습니다.

시인은 자연을 이야기하고 시낭송가는 자연을 품었다
글자는 날개를 달아 언어로 날고 소리는 자연에 눕는다

* 목차 *

부부 ·· 8

큰 힘 ··· 9

청풍 낙엽 쓸기 ························· 10

르완다의 피난 길 ····················· 11

진짜 된장 ································· 12

뚝심의 원천 ····························· 13

시인은 ····································· 14

그 사랑 ···································· 15

현악 사중주 ····························· 16

雲平線 ····································· 17

장인 ··· 18

그리운 어머니 ·························· 19

자연의 오게스트라 ··················· 20

스팸 메일 ································· 21

꽃무릇 ····································· 22

미소를 간직한 사람들 ··············· 23

고향의 추억 ····························· 24

시인의 노래 ····························· 25

심청이 누나 ····························· 26

영감의 추석 ····························· 27

타향의 밤 ································· 28

가을 길 ···································· 29

안개 수평선 ····························· 30

구성진 청춘가 ·························· 31

인간의 한계 ····························· 32

동심(童心) ······························· 33

긴 밤 ······································· 34

낙엽을 바라보며 ······················ 35

빈자리 ····································· 36

어머니의 품 ····························· 37

* 목차 *

한 줄의 시를 쓰고 싶다.⋯⋯⋯⋯⋯38

종각역 밤거리⋯⋯⋯⋯⋯40

冬松綠⋯⋯⋯⋯⋯41

친구 소식⋯⋯⋯⋯⋯42

독도⋯⋯⋯⋯⋯43

부부의 사랑⋯⋯⋯⋯⋯44

흘러간 바람이어라.⋯⋯⋯⋯⋯46

회상⋯⋯⋯⋯⋯47

홈 클래식⋯⋯⋯⋯⋯48

오솔길⋯⋯⋯⋯⋯49

허공⋯⋯⋯⋯⋯50

무자식 상팔자⋯⋯⋯⋯⋯51

봉평의 축제⋯⋯⋯⋯⋯52

멋⋯⋯⋯⋯⋯53

추석의 추억⋯⋯⋯⋯⋯54

노부부⋯⋯⋯⋯⋯55

은행잎 사연⋯⋯⋯⋯⋯56

미간의 주름살⋯⋯⋯⋯⋯57

시인⋯⋯⋯⋯⋯58

남국의 해변⋯⋯⋯⋯⋯59

인생의 맛⋯⋯⋯⋯⋯60

인생의 로터리에서⋯⋯⋯⋯⋯61

민들레 홀씨처럼⋯⋯⋯⋯⋯62

가는 세월⋯⋯⋯⋯⋯63

생고⋯⋯⋯⋯⋯64

분통⋯⋯⋯⋯⋯65

새벽 세 시⋯⋯⋯⋯⋯66

네 눈물 내 눈물⋯⋯⋯⋯⋯67

믿음은 평안과 행복⋯⋯⋯⋯⋯68

부메랑 자존심⋯⋯⋯⋯⋯69

* 목차 *

무슨 색 ································ 70

전방의 달밤 ···················· 71

우울증 ···························· 72

양구의 여명 ···················· 74

사랑이란 ························· 75

벌초 ······························ 76

다 사랑하자 ···················· 77

손자의 죽엄 ···················· 78

감사의 조건 ···················· 80

人生을 모르니 ················ 81

명품을 둘러도 ················ 82

뒷 나이가 내 나이 ············ 83

감탄의 삶 ······················ 84

그러려니의 삶 ················ 85

노인의 각오 ···················· 86

老 松 ···························· 88

봄노래 ···························· 89

하얀 지팡이 ···················· 90

인생아 네가 사느냐 ·········· 91

잠시뿐 ···························· 92

말 한마디 ······················ 93

忍耐 ······························ 94

가을 하늘 ······················ 95

가을의 노래 ···················· 96

사진첩 ···························· 97

발걸음 ···························· 98

自然人 ···························· 99

추억의 파도 ···················· 100

금 줄 ···························· 101

초승달을 바라보며 ············ 102

* 목차 *

부부·······················103

섭리·······················104

송년 모임의 시낭송·················105

떠나고 싶은 여행················106

강릉호의 야경·················107

마지막 인사··················108

남북이 하나 되어················109

그때 그 시절·················110

뻐꾸기 우는 소리················111

더위·······················112

열대夜·······················113

사랑은·······················114

허세·······················115

Where are you go?················116

풍성한 가을··················117

가을을 보내며··················118

고향 산하····················118

가로등 벽화··················119

산 위에 오르면················120

인생·······················121

아 이 강산···················122

칡넝쿨·······················123

가요 무대····················124

그 겨울의 찻집················125

바람잡이····················126

고민 한 두 덩이씩················127

부부

토라지면 원수
화해하면 친구
평생 살아도 전철 레일

양파의 속껍질
가까우면서 먼 길
멀고도 가까운 길

자존심의 평행선
작은 일을 크게 확대
대화하면 풀릴 일

두 입술
꼭 다문 채
끙끙

자존심 버리면
다 풀릴 일

큰 힘

날아간다.
부러진다.
뽑힌다.
소릴 지른다.

그 큰 힘
공포의 힘
지축을 뒤흔든
전쟁을 방불케 한
태풍 속에서
인간은 무력했다.

싸움을 피하는 사람처럼
너를 지켜만 본다.

네가 고이 잠들 때까지…….

청풍 낙엽 쓸기

태풍이 어질러 놓은 청풍 낙엽을 씁니다.
수분을 머금고 있어 잘 쓸어지지 않습니다.
집 주변 도로 쓸고 대추나무 지주 세우고 풀을 매니
평소의 아침 식사 시간을 3시간이나 늦게 먹었습니다.
시원할 때 일하는 것이 도움이 됩니다.
언제 바람이 불었는지 비가 왔는지
새침데기처럼 나무는 평안해 보입니다.
살랑살랑 실바람이 어린 아기가 방긋 미소를 지은 것 같습니다.
예쁜 옥잠화가 기다렸다는 듯이 태풍이 지난날 피어납니다.
동백나무가 아침 햇살에 유난히 빛이 납니다.
감나무와 배나무는 패잔병같이 잎을 다 떨어뜨리고
남은 열매를 키우려 합니다.
흉년에 어머니께서 자식들을 돌보는 것처럼 그렇게……
바람에 숨었던 무궁화꽃이 다시 피었습니다.
벌 나비는 다시 정원에서 일상의 일을 시작합니다.

르완다의 피난 길

전쟁
망명
내전의 연속

수해만 입어도 어려운데
고향을 두고 망명하면
그 삶은 어떤 삶일까?

가난과
고생과
굶주림 속에
하루의 삶

가족을 이끌고
견디는 제 아비의 아픔

꿈을 잃은 채
발버둥 쳐도
생계유지 어려운 현실

헤어진 옷 입은 채
고향길 찾아오는 피난민
상처를 가슴에 안고
처자식 거느리고 터벅터벅

진짜 된장

평생 먹어온
된장국

맛 잃은
요즘 된장국

가짜가 많은 이 세상
진짜라 해도 가짜 맛
먹어보면 아는 맛

조상들의 벌초행
시골 나들이

가짜 된장국 맛 선전
누나와 형수가 주신 된장
끓여보니 그 맛
평생 먹은 맛

틀림없는 옛날
된장국 그 맛

뚝심의 원천

우리의 뚝심
대국의 틈새
한반도 수호

그 음식 된장
가난했던 그 시절
밥 한 그릇 뚝딱

그 힘
올림픽 사위
세계를 떠들썩한 강남스타일

조상 대대로
즐겨 먹던 된장국

생선도, 채소도
만나면 어울린
오리지널 시골 된장국

시인은

푸른 초장에 양 떼가 뛰놀듯
시속에 빠져 시어를 묵상

거치른 나무 깎아 조각품 만들듯
엉성한 돌 깎은 석수장이처럼

세상의 거치른 언어 다듬어
예쁜 시어들로 가득 채우니

자구마다 감정을 두드리고
과거와 미래를 넘나들며

삶의 나침반을 지시하는
주제마다 소망이 넘치고

험한 세상에 쉬임을 주는
시인은 시인은 삶의 노래를

어루만진 엄마의 손길
참아주는 아빠의 마음

14

그 사랑

그 사랑
새벽에 찾아온 그 사랑

뜨거운 가슴 가눌 길 없어
시간만 나면 그 사랑 찾아 달려간다.

한겨울 자전거 찬바람에도
가슴이 뜨거운 그 사랑

무엇이 좋은지 알 수 없이 그냥 좋은
불물을 가리지 않고 좋은 그 사랑

그 사랑 때문에 핍박이 밀려와도
눈 딱 감고 견뎌낸 그 사랑

미소가 머물지 못한 그 사랑
죽음을 각오한 그 사랑

오일팔의 총성이 들려와도
죽으면 죽으리다 달려간 그 사랑

나만 아는 그 사랑 주님의 사랑

현악 사중주

현악사중주 5번 1악장/Beeth...
곡조따라 마음을 몰입

음따라 혼을 부어
높아지는 음에 가슴 띄우고

낮아지는 음엔 몸을 날린다.
높고 낮은 변화음엔
고개만 끄덕끄덕

가냘픈 음속엔 눈만 감고
파도처럼 밀려오는 음엔
가슴만 여민다.

질풍같이 요동치다 스톱한 그 음
심장이 스톱한 듯
다시 유유히 시작된 음
양 손가락이 춤을 춘다.

그리고 어둠과 함께 적막이 흐른다.

雲平線

대지에는 지평선
바다에는 수평선
구름 위엔 운평선

양털 모양
새털 모양
뭉실뭉실
흩어놓은

화가의 손끝에서 그려진 구름
서도가의 필력에서 길게 번은 필력

정지된 새털구름
흘러간 갈치 구름

석양빛 받아
고운 색조 창출

구름 위 호수
구름 위 암벽
칠천 미터 상공
창조의 신비

장인

조상 대대로 이어온
장인의 솜씨

손끝에서 빚어낸 백자
수없는 견습과 실습으로
땀의 결정체
오늘도 구슬땀 흐른다.

거저 되는 것은 가난뿐!

종과 득과
종두득두
인과응보
사필귀정
심은 대로 거두는 법

혼이 머무는 장인의 정신엔
오늘도 오관을 통한 맥이 흐른다.

그리운 어머니

산 너머 동네에서 시집와
평생을 일만 하신 어머니

서모 시어머니의
소문난 시집살이
오 남매 홀로 기른 모정

높은 산 논두렁 밭두렁
겨울이면 김생산

사철 쉴 틈 없이 일속에 빠진
지친 몸 돌볼 틈 없이
자식들의 뒷바라지

초등학교 3학년 때 홍역
내 배를 만져주면
손바닥이 까칠까칠

손자 기르고 증손자 기르고
돌아가시기 전날까지 일하신 어머니
울적할 때 생각나는 어머니
꿈속에서 찾아오신 어머니

아버지 곁에서 평안히 좋은 꿈 꾸소서……

자연의 오게스트라

현관 소파에 누워
정원을 관찰

잠자리도 놀러 오고
새들도 찾아오고
벌들도 꽃을 수색

유리창 너머에
모기도 살겠다고
하루살이도
덩달아 유리창을 배회

먹구름이 유유히
하늘을 덮으면
살랑이는 바람
흔들거린 나뭇잎

모두 다 대자연의 선물
자연 감상이 나의 취미

새소리, 바람 소리, 낙숫물 소리
소리소리 모아 하모니
대자연의 오케스트라

스팸 메일

흘러보낸 스팸 메일
날마다 메일함으로 흘러간다.

보내도 보내도
아무 소용 없는데…….

못된 짓 독려하는 스팸 메일
오늘도 수두룩이 사장된다.

할 일 없어 일을 만들어
누구 등을 쳐먹겠다고
시시때때로 날아든다.

졸부 날뛰는 바람에
권력형 부자들 날뛰는 바람에
온 국민 마음이 붕 떠
일은 적게 하고 돈은 많이 벌고
도둑놈 심보 가득하여
등쳐먹고 속여먹고 갈취하여 부자 되려
노동은 싫어하고 사기성만 풍부하여
세계를 오염시킨다.

제 아비 똥 묻은 바지라도 팔아서 갈쳐놓으니
모로 터져서 못된 짓만,
진실하게 살아야, 정의는 이기는 법

불의는 들통나고 결과가 나쁘다는 것
고대소설의 결과인데
그걸 모르나 잊고 살려나
양심은 오늘도 진실을 말한다.

꽃무릇

고갯마루 곱게 핀
꽃무릇 활짝

아침햇살 반짝
선홍색 꽃잎

임 그리워
갈기갈기
찢어진 꽃잎

애타는 붉은 피
눈물되어 되었나

온 산
붉게 물든
선홍색 꽃잎.

미소를 간직한 사람들

너의 미소의 원천은 어디에

사진을 찍기 위한 반짝 미소

인생의 살맛나는 미소

쌓아둔 보석과 재물의 미소

권력을 거머쥔 성공의 미소

미인을 쟁취한 결혼의 미소

건강에 넘치는 청동 구릿빛 힘의 미소

자식들이 성공하여 용돈 준 미소

물리적, 외형적, 재물의 미소

사라를 웃게 한 이삭의 미소

함께함을 느끼는 여호수아의 미소

사자 굴에서 지켜주신 다니엘의 미소

순교길에 축복한 스데반의 미소

미소는 결코 외형적인 것보다

내면적인 정신에 활짝 핀 미소

변죽만 두드리는 삶의 마음은 공허하다

소망 속에 살아가는 삶이 참신한 미소가 아닐까?

고향의 추억

마음의 고향
보양 밑 들판 길

웽 새끼 옹달샘
누렇게 익은 벼
풍성한 황금들판 대리목
냇가엔 도랑물 졸졸

참게 잡은 낚시꾼
한 손엔 미꾸라지 미끼
다른 손엔 참게 올무대

송아지 울음소리 메아리치고
넝쿨 속에 어름이
바나나처럼 열린 곳
파아란 가을하늘
풍성한 가을
들판의 곡식들

종일 풀 뜯는 황소
양쪽 배가 불룩 차면
석양빛의 붉은 노을에
누렇게 물든
누렁이 황소

시인의 노래

캄캄한 밤
창문을 열고
달빛을 바라본다.

그 수많은 별들
영롱한 그 빛

상큼한 밤공기
콧등에 스며든다.

풀벌레 소리 처량하다.
가을이 깊어간 초인종인가?

아름다운 과거만 생각하자.
미운 정 모두 버리자.
좋은 것만 바라고 소망하자.
맑디맑은 암반수같이……

이 밤도 만물이 깊은 쉼을
충전하는 이 시간
시인은 시인은 감사의 노랠 부른다.

심청이 누나

그 고운 얼굴
이제 칠십이 넘어
손자들 주렁주렁
할머니 되었네

한마을 결혼하여
혼자된 친정 어미
못 잊어 반찬 드리고
시어머니 오랜 시집살이
심장이 놀란 누나

동생 가면 옛날처럼
어미같이 맞아준
한글 해독 우리 누나
마음씨는 비단 같아

시비 없는 평생 살이
곱던 얼굴 농사일에
촌로 되어 사는구나

보약 한 첩 사려해도
보답 못 한 못난 동생
늙은 동생 어린 동생
만수무강 빌어보네

영감의 추석

손자손녀 재롱에
웃음꽃 피고
강남스타일 대세 유행
추석방까지 침투
유치원생, 고교생까지
말춤을 춘다.

취향에 맞지 않는
요즈음 노래
시부렁시부렁 말 노래 랩
뭐가 뭔지 모르게 궁시렁거린다.

트로트 세대에 영감들
식상한 현대판 노래들
귀가 시끄럽다
그래서 영감

타향의 밤

어둠이 내리는 밤이면
외로움도 따라 내려옵니다.

달님이 떠오르는 밤이면
그리움도 따라 떠오릅니다.

불 꺼진 밤이 찾아오면
옛동무 하나둘 생각납니다.

시차를 두고 변화하는 마음을
토닥토닥 지긋이 잠재우며
같이 잠이 듭니다.

가을 길

누우런 감 주렁주렁
입맛 돋우고
붉은 대추 대롱대롱
보기에 좋네.
노오란 은행 동글동글
익어간 계절
가을은 알 알 여물어
익어만 가네.

들판 길 거닐면
모두가 내 것
파아란 하늘
떠가는 흰구름
길가에 쑥부쟁이
늦가을 아쉬워 손짓을 하네.

안개 수평선

밤새 내린 찬 이슬
아침 햇살 모아 호호 불어 녹여
자욱한 수증기 이슬방울 방울들
함평 천지의 들판 위에 수평선 그렸다.

가을이 성큼성큼 소리 없이
알알이 여물든 곡식들
추수를 기다리는 개선장군
농부의 바쁜 손 가을걷이
이렇게 한 해도 석양을 바라본다.

구성진 청춘가

날 모셔 가거라아아아
돈 있고 잘난 놈아
좋오터라 날 모셔 가거라아아아

달마산 품에 안은 내 고향 산천
계절마다 갈아입은 각색 색동옷
지금도 피고 지는 수많은 꽃들
세월은 흘렀어도 산천은 변함없네

들녘에 늘 푸른 녹음이 짙어지면
개구리 우는 밤도 그리웁구나
돛단배 떠나가는 푸른 남해에
굴 따는 아가씨의 청춘가 소리

녹음이 짙어지는 오월의 산천
풀 베는 머슴아들 청춘가 소리
....
넝쿨 없는 호박이 두통이나 열렸네.

순수한 머슴들
일 년 내 일하고 옷 한 벌 벼 세석
보릿고개 넘기 힘든 그 시절
일 년 계약 힘든 일들
한스런 청춘가 소리
녹음 짙은 산천에 메아리쳐 쩌렁쩌렁

인간의 한계

내려놓는다 했는데
내려놓지 못하고
비운다 했는데
비우지 못하고
버린다 했는데
버리지 못하고

인간의 야성
인간의 본능
죄성인 육신

삶의 여정 속에 서성인다.

동심(童心)

티 없이
맑은 눈동자에
그늘 생길라

근심 없이
큰 꿈 그리는
어린이의 가슴에
멍들라

밝은 미소로
미래를 바라보는
아이의 마음에
상처 남을라.

긴 밤

만물이 잠든 이 밤
밤을 지키는 초병
그 누가 세웠나.

고요가 더해 적막한 이 밤
황혼빛 인생의 숙명의 드라마

후회된 지난날도 감사
교만을 깨뜨림도 감사
마음을 비우게 함도 감사

클라이밍 선수처럼
한 발 한 발
한 손 한 손
로프에 의존하며 오늘도 오른다.
수직의 등벽을

일엽편주로 대양을 걷는 마음
한번 주어진 성스러운 인생길
그 빛 나의 나침반 되어
비춰온다 오늘도…….

낙엽을 바라보며

그 싱싱한 잎
쫑말라
하나하나 떨어지고
잎 몇 개 남아 나무에 기대며 파르르 떨고 있다.

그 아름답던 청춘
다 지나
이제 흰머리
주름이 쭈글쭈글
노인이 되어
지팡이에 의지하며 공원길 걷고 있다.

청춘과 낙엽은 서로 비슷
피었다 지는 꽃처럼
아름다움도 잠깐
추한 모습으로 오글오글 더덕더덕 붙어있다.

시간은 낙엽을 만들고
세월은 노인을 만들고
모두 다 허무한 겨울을 맞이한다.

소복이 눈이 내리는 그날을 기다리며…….

빈자리

오랜만에 찾은 고향
넘치는 정 따스한 마음
산과 들, 내도
늙어가는 노인들
늘어난 주름살
늘어난 흰머리
밤하늘 중천에 밝은 달
산뜻한 맑은 공기
형제간의 푸짐한 인심
허전한 마음
어머니의 빈자리
텅 빈 가슴
채울 수 없는 그 자리
빈방 안 농지개만
동그마니…….

어머니의 품

고향 산천 그리워
부모 형제 그리워
일가친척 그리워
옛친구들 그리워
먼 길을 시간 드려 찾아옵니다.

한밤을 꼬박
고속버스 속에서 새우잠 자며
탁한 공기 속에서
고향 찾아옵니다.

객지의 설움도
객지의 텃세도
객지의 고달픔도
다 털어버리고

억센 사투리도 정감이 넘치며
진실한 정이 넘치는 고향
끈끈한 그 옛정 찾아서
어릴 때 향수 속
고향의 바위들도
고목나무도
다 정이 묻어 있는

골목길

고향은 따스한

어머니의 품

한 줄의 시를 쓰고 싶다.

마음을 깨끗이 빨아 한 줄의 시를 쓰고 싶다.
더러운 세상 모든 것 마음 귀퉁이도 두지 말고
훨훨 벗어 던지고 인생사의 걸리적거리는 모든 일들
해외여행을 떠나는 여행가처럼
홀가분하게 캐쥬얼 타입으로 입고, 등산가는 등산가처럼
실개천 도랑물에 노니는 피라미의 헤엄치는 모습처럼
봄날 추운 꽃샘추위 속에서 양지바른 언덕에 피어나는
민들레처럼
더위를 식히며 칠팔월 여름날의 나뭇가지에서 울어대는
매미처럼
자유분방하게 놀이터에 뛰어노는 세 살배기 손자들처럼
해수욕장의 낮은 곳에 마음껏 뛰어노는 철부지 아이들처럼
큰 바다 깊은 곳에 입을 벌리며 헤엄치는 상어처럼
꽃다운 예닐곱 살의 처녀의 볼에 묻어나는 수줍음처럼
소크라테스의 철학적인 시가 아니어도
릴케의 아름다운 시구가 아니어도
붓 가는 데로 생각난 데로 자유롭게 그린 아이의 화선지의
붓끝처럼

이 땅은 아름다운 땅이라고
이 땅은 축복의 땅이라고
조상의 은덕을 생각하자고
사랑을 널리 전하는 사도가 되자고
시인의 가슴 부풀어
목이 터져라 외치는 데모대의 구호처럼
모두를 사랑하는 아름다운 시를
흠 많은 인간을 용서하는 관용의 시를
미래에 급급하지 않고 창공을 높이 나는 독수리처럼
바람을 타고 높이 높이 날으며 생각나는 시를
구름 속 하얀 도화지에 햇살 모아 붉어지는 저녁노을에
묻어나는 시를…….

종각역 밤거리

밤낮 복적북적 와글와글
바쁜 걸음걸이
초간을 다투는 되회인들

번쩍이는 네온사인
삼삼오오 짝을 지어
집집마다 가득가득 홀을 채운다.

젊음의 박력
청춘의 혈기
대화의 정감
삶의 향취

밤을 태운다.
젊음을 태운다.
활활 타는 불화산처럼…….

冬松綠

푸른 솔잎
찬바람 마다않고

청초하게
결바람 맞으며
흰 눈도 맞으며

낙락장송으로
꿋꿋하게 홀로

나목이 파르르 떠는
나무 옆에서

겨울 산을 지키고
든든히 서 있는
장군 같은
동송록

친구 소식

객지 생활 떠돌다 보니
고향 소식 캄캄하니
뒤늦게야 너의 소식
애인의 교통사고 후
자살했다는 네 소식

죽을힘이면 살지
사랑이 그렇게도 소중했나,
목숨보다 더 귀하다지만
사실을 증명했네.

세상의 빛 한번 생명
그 선택이 옳았던가?
살다 보면 더 좋은 일도 있으련만
임 따라간 너의 순정

여자, 사랑, 생명. 죽음
너의 무덤 앞에 헌화하고
젊은 추억 그리고 싶다.

독도

갈매기 슬피 우는 외로운 독도
울렁이는 파도가 검은 바위 달랜다.
수억 년의 긴 역사 고이 간직한 채
수많은 사람들에 사랑 독차지
백만 인의 가슴속에 새겨진 사연
독도는 우리 땅 대한민국령

갈매기 노래하는 봄 바다 위에
수평선 벗을 삼아 동해 지킴이
펄럭이는 태극기 대한의 상징
늠름한 해양경비대 눈망울 총총
파도 소리 노래 되어 외로움 달래고
수평선에 뜨고 지는 해 저무는 하루

부부의 사랑

비뚤어진 나무를 휘어잡듯
서로의 마음을 휘어잡아
오손도손 알콩달콩
사랑의 씨앗을 뿌린다.

성 다르고 혈액형도
생각도 환경도
습관도 취미도

다른 다른 사람끼리
물방울에 달라붙듯
하나가 될 소인가?

하나가 되는 것은 이상하지
조화가 되어야지

부부지간 자존심도
부부지간 이기심도
고집할 게 뭐가 있나.

44

인정하면 다 될 일을
웃어주면 다 될 일을

가슴속에 갈고리 차고
저울질하는 꼴
졸장부 부부생활

다 용서
다 이해
다 포용

노부부의 황혼의 발길 복되어라.

흘러간 바람이어라.

그 시절
그 추억

흘러간 바람이어라.
흘러간 구름이어라.
흘러간 냇물이어라.

그 사연
그 약속

흘러간 바람이어라.
흘러간 구름이어라.
흘러간 냇물이어라.

젊음도
청춘도
이제는 지나간 계절의 그림자.

사랑도
아픔도
시간이 남기고 간 추억의 그림자여라.

회상

찢겨진 자존심에 상처만 남아
아물지 않는 채 아픔만 주는데
아련한 흰 구름 산 너머 가고
산모롱이 아지랑이 아롱거리네.

가슴이 미어지는 긴— 한숨 소리
누구를 원망한 푸념이련가
지나온 사연들이 나를 울리고
후회된 나날들이 파도쳐 온다.

홈 클래식

홈 클래식
시대를 넘나들며 들려줍니다.

화려한 개선 행진곡의 북소리가 들려옵니다.

머리카락보다 더 가냘픈 소리가
실빛의 환희로 비쳐오며 서막을 엽니다.

두 날개 펼치는 학의 비상같이
근육 속에 숨겨진 실핏줄까지 파고듭니다.

소프라노의 높은 음의 기교에 빠져들어
한없이 혼의 비상에 젖어 듭니다.

심성 깊은 곳에 찌꺼기를 몰아내는 밀어의 속삭임입니다.
한없이 우주를 비행하다 다시 되돌아옵니다.

생각으로도 지휘할 수 없는 음의 파동에
망각된 영혼의 산책입니다.

잠보다 더 좋은 영혼의 안식처입니다.
순결하고 고귀한 영혼을 다독거린 엄마의 포근한 품입니다

오솔길

숲길을 걸으며
오르는 오솔길
산새들의 노래
촐랑거린 시냇물
실바람에 나부끼는 나뭇잎 소리

고목 가지 사이로
파아란 하늘가 흰 구름

이마엔 땀방울 송골송골
토닥토닥 걷는 발길

지난해 태풍에 누워 있는 거목
생과 사의 생태계
견디고 이기고 생존

인생의 여정 따라
우리네 삶과 같이……

허공

내 마음 돛단배 띄워
수평선에 보내 볼까?

내 마음 흰 구름에 띄워
우주로 보내 볼까?

한기 서린 가을 들판
저 멀리 바라보며
솔바람에 묻고 싶다.

낮아지며
겸손하게
살아온 지난날들

튕겨온 자존심
허공에 맴돌아
운무에 즐기려나!

소쩍새 우는 마을
실고랑 버들잎
고향 품에 잠기어
긴 잠 청해볼까?

무자식 상팔자

무자식 상팔자
누가 그런 말씀을…….
늙어지면 자식이 버팀목이 되는 걸

귀여운 손자들의 재롱 몇만 불
용돈 주는 재미 기쁨이 두 배
음식 먹는 모습은 안 먹어도 배불러

손자녀의 사랑을 자녀와 비교하랴
사는 재미 고통도 겪는 재미

아리랑 고개 넘어가듯
한고비 넘으면 또 한고비

그것이 인생길 아니려든가?

봉평의 축제

흥정산 계곡 따라 흐르는 물줄기
척박한 봉평면 옥토 이루고

녹색 바탕 위에 하얀 가루 뿌려놓은
메밀밭 정경에 눈을 훔친다.

한 시인의 삶이 축제로 승화
품바의 노랫소리 장터가 떠들썩

곳곳마다 가산 이효석
골목마다 메밀요리 가득

코스모스 한들한들
파아란 가을 하늘 흰 구름

가을의 문턱에서 누런 벼가 익어간다

멋

멋이 무엇인가?
현대인은 멋을 향해 달린다.
겉모습의 아름다움에 돌진한다.

값비싼 화장품
성형 수술
메이커 옷
다 멋지다.

보이는 것만 멋인가?
내면에 풍기는 삶의 모습
그 멋이 진실한 멋인데

옷이야 사면 되고
얼굴은 뜯어고치면 되고
몸이야 치장하면 되지만

정녕
진짜 멋은
내면에 담긴 그릇
인간미

삶에 풍기는 그 멋
생활 속에 나타난 그 멋

추석의 추억

쿵더쿵 쿵더쿵
우리 엄마 떡방아 소리

쿵더쿵 쿵더쿵
동수 엄마 떡방아 소리

온 동네 떡방아 소리
쿵더쿵 쿵더쿵

추석이면 온 동네 떠들썩
서울말 경상도말

팔도 언어 전시회
마을 회관 앞 와자지껄

풍성한 먹거리
이집 저집
화기애애 자손들 모여

보름달 뜨거들랑
강강수월래
청아한 목소리
강강수월래

코스모스 피는 길섶
누렇게 익은 벼

노부부

부부가 같이 늙도록 산다는 것
이것은 행복의 조건의 하나

사나워도 미워도
예뻐도 싫증 나도

조강지처와 같이한 인생은
행복한 삶

더러 진가를 혼동하고 사는 이들
행복이란
거저 굴러들어 온 호박 덩어리일까?

행복은
인격과 교양과 인내와 노력으로 얻어지는 보상

아무리 악처라도 없는 것보다 있는 것이 더 좋고
잔소리가 많아도 자장가로 생각하고 들으면 즐거움

수양이 필요하지
처세도 필요하고
늙어간 부부의 매력은 어디에
의지하고 도와주고 서로 돕는
그 길이 노후에 가장 복된 길

은행잎 사연

그대가 보내준
노오란 은행잎
예쁘게 고이 접은
책갈피 속 은행잎

해마다 가을철
은행잎 물들면
그때 그 사연
생각이 난다

또박또박 씌어진
편지지 곳곳마다
사랑한단 말 없어도
사랑이 깃들인
학창 시절 그리웠던
수많은 그 사연

미간의 주름살

미간의 주름살 세상의 스트레스 흔적

이마의 주름살 힘든 일 넘어간 눈금

눈가의 주름살 희로애락의 연륜

목 주변 주름살 세상 파도 헤쳐 간 지혜

뱃살의 주름살 좋은 세상 만나 과다 영양 섭취

주름에 얽힌 세상살이의 삶의 표적

흐르는 세월 그 누가 막을쏘냐

물 흐르듯 흐르게 하라

시인

말간 마음으로 세상을 관조
세모 네모 동그라미의 모든 세상 일
부딪쳐 부서지는 파도를
빼꼼히 떠오르는 태양을
까만 밤 별을 헤아리는 눈
더운 바람 찬바람 불어오는 세상 바람
마음속 깊이 삭이면서
해변에 기나긴 백사장에 족적을 남기듯
깨알 글씨로 삶을 남긴다
바람에 뒹구는 낙엽에 의미를 부여하고
산 너머 피어 나는 화초를 그리며
시인의 마음을 담아 명화를 그린다
작은 물새의 소리에도 의미를 부여한다

남국의 해변

잔잔히 밀려오는 파도의 손길
하이얀 백사장을 어루만진다.
넥서스 해변의 여름철의 낭만
타원형의 수평선에 뭉게구름 피어오르고
파도 소리, 새소리, 환호하는 관광객
보르네오섬의 아침 햇살에
야자수잎 사이로 쪽빛 금물 뿌린다.
따가운 남반구의 여름날
해변의 비키니의 물장구친 물놀이
정비된 잔디 정원에 거대한
도마뱀이 유유히 산책한다.

인생의 맛

자존심이 뭉개지면
죽을 맛
자존심이 회복되면
살맛

인생의
쓴맛
짠맛
매운맛
단맛
싱거운 맛
온갖 맛을 다 보고 살아간다.

아직 백 세에 비하면 청춘인데
하루에도 몇 번씩 맛을 보고 살아간다.

숨쉬는 이 순간도 행복한 시간인데…….

인생의 로터리에서

돌아가기엔
너무 멀리 와 버린
인생의 로터리에서 서성거린다

비운 마음으로 잃어버린 봄날같이
좌정한 스님의 묵상 기도처럼
살아온 지난날 애써 잊으려
혼탁한 사고를 깨뜨린다

부서지고 내동댕이쳐버린
폭포의 물방구처럼
텅 빈 거품 속에 시선을 돌린다
꽃도 시들고 청춘도 시들듯이
인생의 뒤안길에 씁쓸한 한약 들이마신 후의 입맛
무욕의 움터에서 흔들리는 갈대에 시선을 고정한다

낙엽이 지듯이 사라진 선배들, 동료들,
그곳은 평안한가

영하 8도의 한반도 혹한
뜨뜻한 장판 위에 시상을 날린다

인생은 폭포수의 거품과 같은가?

민들레 홀씨처럼

두 주먹 불끈 쥐고 걷지 마라
지나가는 사람 다칠라.

큰소리 지르지 마라
잠자는 동물들 놀랠라.

얼굴에 미소를 잊지 말라
바라보는 자 실망할라

마음의 여유를 가져라
옆 사람 불안하지 않게

일터가 있음은 감사하고
누울 곳 있음을 감사하자.

파도에 구르는 조약돌처럼
세상을 둥글게 살아가자

모난 돌은 흐르기 힘드니
바람에 날리는 민들레 홀씨처럼

세월 따라 바람 따라 살아가자

가는 세월

가네 가네 날이 가네
흰머리를 남겨 놓고
가네 가네 해가 가네
주름살만 남겨놓고
이제 가면 언제 오나
되돌릴 수 없는 세월
청춘을 바라보면
더욱더 멀어지고
백발을 바라보면
더욱더 가까와라
유수와 같다더니
실감 나게 증명되네
칠순을 바라보니
지난날이 아슬픈해
손자녀 크는 모습
그럴듯한 나이일세
열심히 살았지만
사는 날 후회되고
살아갈 날 계획해도
희미한 날 미로 같네
돌아올 새날마다
희망보다 두렴 오고
한분 두분 떠난 자리
공허한 들녘이라
억새꽃 흰머리
결 바람에 손짓하네

생고

척박한 대지
떨구어진 씨앗
수분도, 토양도, 양분도
모자란 채 가난한 성장

깊이깊이 뿌리 내리며
설풍에 떨고
태풍에 부대끼며
생명을 부지
땀 흘리며 눈물 흘리며 역사를 원망하며
기~인 한숨 내쉬며
모질게 걸어온 삶
노송의 주름살
덕지덕지 깊이 패인 채

소망의 날 기리며
침잠의 굳은 입
숨어있는 씨알들
흠집 나지 않게 쌓아둔
역사의 긴 함축

하나둘 잠든 묘지에
작은 깨알 글씨의 표석

분통

부모 여읜 서러움은 하나로 슬퍼하면
자식 잃은 서러움은 두세 배 더하리라.

땅속에 묻은 자식 가슴속에 묻어놓고
평생을 가슴앓이 눈물샘 마르는구나

교복 입은 학생 보면 내 딸인가
대문 소리 날 때마다 내 아들이 돌아온가

청춘이 만 리 같은 그 싹을 부러뜨려
대한이 분통하고 세계가 통분한다.

긍휼히 여기소서 그 영령들
불쌍히 여기소서 남은 유가족
온 국민의 애통함을 통촉하소서.

새벽 세 시

살고파라 살고파라
시골집에 살고파라.

꽃피고 새가 우는
시골집에 살고파라.

철 따라 갈아입은
시골집 정원

철 따라 불러주는
새들의 노랫소리

폐부까지 스며드는
맑은 공기 그리워라

흙은 생명의 어머니
흙은 어머니 품속

네 눈물 내 눈물

내 아들아
내 딸아
지금은 어디에…….

밀려오는 파도가
바위에 부딪치듯
내 마음에 부딪치는 파도

밀려오는 파도가
바위에 부서지듯
내 마음에 부서지는 꿈

궂은 비에 떨어지는 낙숫물
내 마음의 눈물 같아
네 모습 내 모습
네 눈물 내 눈물

사상누각의 단꿈이
우쭐대던 그 문화
부서진 꿈 되어
허무한 날이어라.

믿음은 평안과 행복

불확실한 미래
변화한 세상
어디에 마음을 둘꼬

권력도 돈도 명예도
무엇으로 자족하며 살리요

혼자 있어도
혼자 살아도
마음속에 넘치는 평안

평화
평화
하늘 위에서 내려오네

자족하며 감사하는
믿음의 시간이여
그대는 행복 자라

바람이 부나
비가 오나
쓰나미가 몰아와도

정녕 그대는 행복한 사람

부메랑 자존심

선생님
회장님
장로님
시인님
님 소리를 듣고 살아온 날

이제 촌노처럼 자존심을 버린다.
마음을 비운다.
죽어야 산다

허나
자존심은 다시 살아 돌아오고
비우려 해도 채워지고
던져도 돌아오는
부메랑 자존심

무슨 색

하늘은 무슨 색일까?
여러 가지 색

바다는 무슨 색일까?
여러 가지 색

나뭇잎은 무슨 색
여러 가지 색

사람의 마음은
여러 가지 마음

하나로 생각하는 고정 개념
둘 셋 넷 여러 가지도 있는데…….

전방의 달밤

환히 밝은 두둥실 보름달
숲속 마을의 등댓불

소쩍새 우는 적막한 산속
숲은 온통 검은 밤

맑은 공기 폐부에 스며들고
시간 가는 줄 모르고 도란도란 이야기
펜션의 밤은 깊어만 간다.

귀염둥이 검은 고양이
고기 몇 점 얻어먹고
시인의 무르팍에 비벼댄다.

졸 졸 졸 도랑물 속삭임 따라
깊은 밤 단잠에 빠진다.

우울증

고독한 현대인들
매체는 많으나 고독은 밀물처럼 몰려든다.
나의 마음을 알아줄 이 누구인고
나도 내 마음 모르는데

고독은 스스로 부른 현대병이 아닐까?
고독은 욕심에서 좇아온 질병이 아닐까?
사별의 허탄한 마음 허전한 고독이 밀려올 것이다.

고독을 이기는 마음을 기르자.
명랑한 성격으로 바꾸자
마음을 비우고 허허 웃자.
인생의 나이에 연연하지 말자.

오늘도 감탄하며 우주의 법칙에 순응하자.
날마다 감사한 마음을 적어보자.
낮은 곳을 바라보자.
밥 세 끼면 만족하자.
옷은 안 떨어져 못다 입고 가리라.
유행일랑 버려두자.
남이야 뭐라든 주관 갖고 살아가자.

살아있음은 행복이라고 기뻐하자.
정치야 어떻든 젊은이가 어떻든
눈 좀 지그시 감고 보자.
젊은 사람들 조심하며 살자.

취미를 만들어 시간을 날리며 살아가자.
고고한 인생의 철학 속에 빠지지 말자.
자식의 인생은 자식의 몫
손자의 인생도 손자의 몫

통 크게 허허하고 웃으며 살자.
현대병 우울증 도망가리라.

양구의 여명

밤새 울던 소쩍새
늦잠을 자나

새벽녘 뻐꾸기
숲속의 기상나팔

파초잎에 은구슬
해맑은 수정빛

까마귀의 둔탁한 목소리
까아악 까아악

박무의 희멀건 숲속
고요한 양구의 여명

조잘대는 자연의 합창
산밑의 하늘빛 정원

새날
새 아침
맑은 산속 공기

사랑이란

여름 사랑은 차나보다
남녀가 꼭 껴안고 가는 걸 보면
겨울 사랑은 따스하나 보다
두 손이 화로가 되어 잡고 가는 모습이

아리송한 사랑
웃었다
울었다

오늘은 결혼하고
내일은 이혼한다

사랑은 외모도 아닌 것 같고
사랑은 마음도 아닌 것 같고
사랑은 의무가 아닐까?

잔소리 쓴소리
자장가 삼아 흘리고 넘어간 칠십 대

이젠 모두 다 때 묻은 정 때문에
사랑은 더욱 깊어만 간다

벌초

우거진 풀숲 헤쳐 조상 묘 찾아
맹감나무 넝쿨 자르고
정글을 누비듯
한 발짝 두 발짝 찾는 산소
톱 낫 갈퀴 예초기 하나씩 들고
전쟁터 가듯 고이 잠든 조상의 묘

말벌집 제거하고
거친 나무 자르고
돌멩이 주워내고
예초기 엔진 소리
한 봉 두 봉 일곱 봉
이발하듯 깔끔히 단발을 한다.

살아도 효도
죽어도 효도
동방예의지국
효의 대가 흐른다.

우애하며 살아라
조상들의 훈계
부지런히 일해라
조상들의 음성
깔끔히 단발한 타원형의 묘

뒤풀이의 즐거운 시간
산해진미 모두 모여
주거니 받거니
화기애애한 담소
초가을의 한낮이 짧다.

다 사랑하자

다 품자
다 용서하자
다 사랑하자

두 팔 크게 벌려
머릿속 주변 작은 걸림돌도 다 잊자
평생 살면서 서운했던 생각들도…….

비우자
훨훨 털어 버리자
정결한 마음으로
은빛 산골짝 암반수처럼
맑게

하늘
땅
바다도
다 사랑하자
작은 두 팔 넓게 펼쳐
모두 다
축복하자

손자의 죽엄

부모 앞서 죽은 것은 큰 불효
조부모 앞에 죽은 것은 더 큰 불효

산소 호흡기로 맥박은 뛰나
머리는 사망
따뜻한 손 만지며
제 어미 죽은 자식
머리에 얼굴을 맞대고
흐느끼는 엄마

일가친척 모두 모여 장례를 치른다.

할아버지 할머니들 어안이 벙벙
그래도 마지막 가는 길 맥없이 바라본다.

인생은 길고도 짧은 것
인생은 짧고도 긴 것
혼돈된 인생론에 서성인다.

노인이 장수한 이 나라
문화의 발달로 젊은이들이 죽어간다.

생명은 소중한 것
지혜로운 삶이 장수의 비결
먹는 것도
사는 것도
생활 습관도

자기의 몸을 스스로 만들어 가고
좋은 환경도 스스로 찾아가고
공해 속에 사는 현대인
교통의 공해
공기의 공해
식품의 공해
재난의 해

살아있는 것은 행복한 삶
숨쉬는 순간도 행복한 삶
잔소리의 마누라도 존재의 행복

이 땅 모두 다 행복으로 승화하면
모두 다 감사의 대상

이 땅 힘든 몸 이끌고
터벅터벅 걸으며
오늘도 감사의 노래를 부른다.

감사의 조건

서는 힘도
걷는 힘도
뛰는 힘도
감사의 조건

이마에 川자
불평 가득
찡그린 얼굴
불평의 씨앗

먹고
자고
잠자는 집
감사의 조건

욕심은 패망의 씨앗
탐욕은 바람에 날리는 억새꽃
자족하는 마음
호탕하게 웃자

人生을 모르니

나이가 들어도
칠순이 되어도
흰머리 나도
주름 잡혀도

인생을 모르니

말의 실수
행동의 부족함
생활의 어리숙함

그 누가 인생은 이것이다 말을 했던가?

떠들어 대는 사람들도
장님의 등산길
모두 다 가고 있다.

먹고, 입고, 자고
그렇게 인생길을 가고 있다.

너도
나도
우리 모두도……

명품을 둘러도

늙은이 똥 가방 들어도
늙은이 명품으로 둘러도
쌍꺼풀을 하여도
빨간 루주를 짙게 발라도

미적 감각이 시들어 든다.

영감 멋을 부려도
대머리에 휘날린 머리카락
꾀죄죄한 얼굴
굵은 주름살
검은 점 검버섯

아름다움보다 애환이 흐른다.

인생 긴 것 같으나 짧은
짧은 것 같으나 긴
세월 속에 한 해도 저물어 간다.

뒷 나이가 내 나이

내 나이
십의 자리 버리고
일의 자리 세면
이제 아홉 살

진달래 먹고
물장구치던
철모른 나이

꿈 많고
꿈도 잘 바뀌고
세상 것 다 갖은
용기 있는 아이 나이

나이는 숫자
백세 넘은 이 세대
뒷 나이가 내 나이

속없이 겁이 나는
철 잃은 나이

시인의 나이는
철 잃은 나이

내 나이 진정 아홉 살
막내딸 둘째 아들
마지막 손자와
같은 내 나이

감탄의 삶

고향
부모
원망하는 삶이련가?

주어진 운명
출생의 뜬 눈
죽음까지 뛰는 심장
오늘도 감사

낮은데 바라보고
없는 자 생각하며
마음의 양팔 저울

서는 것 감사
걷는 것 감사
쉬는 집 감사

공중 나는 새를 보자
들에 피는 꽃을 보자
삶의 감탄사

두 눈 감고
두 귀 막고
감탄의 너털웃음

나는 행복한 사람

그러려니의 삶

비가 와도
눈이 와도
바람이 불어도
날씨가 쌀쌀해도
그러려니 하고 살자

서운해도
잔소리해도
미워해도
박수쳐도
그러려니 하고 살자

대접받기를 즐기지 말자
빚 지지도 말자
외로워도 말자
공것도 좋지 않은 것
그저 그러려니 하고 살자

노인의 각오

흰머리 검버섯
패인 주름살
칠순의 고개에
고비고비 넘어온 인생길

한고비
두 고비
넘어온 고비마다

추억 많이 낙엽 되어
두껍게 쌓이는데
인생의 연륜은 깊어만 간다.

떠나고픈 마음이 얼마련가
고비마다 한숨 자욱
가득하구나.

각박한 사회 속에
홀로 걷는 외솔길
주변은 보지 말고
뒤돌아보지 말고
앞만 보고 걸으렸다.

내일 걱정 다 버리고
어제 일도 다 버리고
오늘만 만족하며
바로 보고 살아가자

먹을 수 있음도 감사
걸을 수 있음도 감사
숨쉬는 시간도 감사
삶의 감사의 노래를 부르자.

老 松

세월 따라
굽은 대로
생긴 대로
청청한 그 잎

비가 와도
바람 불어도
태풍이 와도
다 견디며 묵묵히

세파의 요동을 바라보고
나이테 한 금 한 금
역사를 세기며

사계절 바뀌어도
해가 떠도
밤이 돼도
굳은 마음 일편단심

서 있는 곳
그곳 지키며…….

봄노래

온화한 기후
화창한 봄날
꽃들의 향연

시냇물 흐르고
꽃구름 동동

비둘기들 먹이 찾고
새들도 노래한다.

운동하는 분당구민
걷고 달리고 뛰고

개들 목줄 달고 졸졸졸

오리교의 바쁜 차량
제 갈 길 찾아가고

세월 따라 물결 따라
봄날은 간다.

하얀 지팡이

흰머리 백발의 노부부
두 손 꼭 잡고
서로가 지팡이 되어
탄천길을 거닌다.

수많은 역사가
수많은 인생의 스릴이
수많은 희비의 쌍곡선이
백발의 머릿속에는

인생의 백과사전
인생의 삶의 지혜

흐르는 물길 따라
흘러간 바람 따라
떠 가는 흰구름 따라
세월도 흘러만 간다.

인생아 네가 사느냐

인생아 네가 사느냐
비 내리지 않는 곳에 물이 흐르더냐
나무 없는 산에 맑은 공기 마실거나
태양빛 없는 곳에 식물이 자라더냐

산다고 몸부림친 인생아
네 삶이 네 삶이냐

돈 돈 돈
교만에 찌들은 인생아
거만과 이기심에 가득 찬 인생아
너 혼자 사느냐

오늘도 진실히 하루를 살아가자
도우심을 바라는 하루를…….

잠시뿐

환한 미소의 청춘 남녀 데이트도
달콤한 연애의 시간도 잠시뿐

신혼의 꿈도 육체의 소욕도
꿈같은 시절도 잠시뿐

인생의 파도가 밀려온다
세상의 폭풍이 몰아 온다.

부서지고
깨어지고
또 굴러간다.

인생의 저녁노을
낙조의 붉은 빛 내려온다.

헛되고 헛되니 헛되고 헛되다
솔로몬의 고백을 되풀이한다.

말 한마디

의사의 말 한마디가 환자의 희비의 쌍곡선을 그린다.
판사의 말 한마디가 구속의 여부를 결정한다.
교사의 말 한마디가 인생관을 바꾼다.

말에는 권세가 있다.
말은 책임져야 한다.
말은 아껴야 한다.

말로써 말 많은 세상
말 잘하는 것은 인격이다.
앵무새의 말이 아니고
묵직한 철인의 말

오늘도 말 잘하는 하루를 살아야겠다.
말로써 위로받고 말로서 상처받고
말하고 말 듣고 말 생각하고 말을 실천한다.

忍耐

자존심을 건드리면 화가 불끈 솟아난다.
평생 두 번 대판 싸움도 그 때문이었다.
늙어도 자존심은 살아 숨쉰다.
시비를 걸어도 참아야 하는데 불끈 튀어 오른다.
잠을 자고 새벽까지 분이 풀리지 않는다.
새벽 기도를 하고 생각하니 내 잘못도 느껴진다.
부부의 갑질은 늙을수록 더해 간다.
참자 가정의 평화를 위해 인내는 화평을 가져온다.
버리자 개똥 같은 자존심
죽은 듯이 살아가면 살아나리라.
허허허 하고 크게 웃자
마음의 평안은 건강의 1호
큰 마음
큰 웃음
큰 아량
모두 동원하여 인생을 살아가자.

가을 하늘

파아란 하늘엔
고려청자
청옥색

가을 하늘엔
하이얀 뭉게구름
이조 백자
순백색

코스모스 활짝 핀
강둑에는
뛰노는 아이들의
함박웃음

가을의 노래

차알싹
찰싹
밀려오는 파도

갯바위에 부딪친
하이얀 물결

잔잔한 파도 소리
가을의 노래

갈대꽃
한들한들
손짓을 하고

수평선 가로지른
오징어 배

오늘도 꿈을 싣고
노랠 부른다.

통통통

사진첩

손때 묻은 앨범
빛바랜 흑백 사진
조상들의 흔적과 자취

옛날 추억의 회상지
초등학교 졸업사진
학창 시절의 자취생활
연애 시절의 달콤한 추억
직장에서 근무했던 직원들
제자들의 개구쟁이 모습
누나들의 결혼사진

추억이 사록사록 잠든 모습
유행 역사의 전시회
인생의 나이테의 증거
희비의 쌍곡선
유행의 머리 스타일
의복의 유행 스타일
숨쉬는 인생의 역사서

발걸음

청춘 남녀 발걸음
가뿐가뿐
사형수의 무딘 발걸음
천근만근
등굣길 초등생 발걸음
사뿐사뿐
내 발걸음 컨디션 따라
가볍고 무겁고
인생의 발걸음 나이 따라
점점 변화
갈 길 가까운 발걸음
느릿느릿 병든 소걸음

自然人

세상 욕심 다 비우고
비가 오면 비를 맞고
눈이 오면 눈길 걷고
바람 불면 바람 따라
산과 들로 간다.

산나물 약초 채취
들에선 채소 농사
추위, 더위 적응하며
생활 도구 자급 자족

잔소리 대신 자연과 대화
순응하며 적응하며 창조하는 삶

자유인
근로인
자연인

추억의 파도

추억의 파도가 밀려오면
유행가 가사 따라
펼쳐진 인생살이
온 세상이 내 것처럼
날뛰었던 젊음

지금은 해 저문 석양빛
머리에도 이마에도
나이테들이

아아~
그 긴 추억의 파도가
내 가슴 깊은 곳에

메아리쳐 오네
그 긴 추억의 여운이…….

금 줄

옛날에는 아기만 낳아도 금줄을 쳤다.
고추와 소나무 가지 숯 갈기갈기 찢은 창호지
설 보름이면 당산나무 둘레에 금줄을
요즈음의 금줄은 무엇일까?

마음의 금줄
저 사람은 이것이고
이 사람은 저것이고
이것저것 다 따지면 금줄을 치지 않을 사람이 누군인고

불신의 금줄
모두 가 정신병이다.
정당도 믿지 않고 책임자도 믿지 않고
부자간에도 믿음이 사그라진
현대의 불신 병

누가 만든 사회인가
스스로 문을 닫는
암울의 병

국가와 국가
사회와 사회
개인과 개인

모두가 병들어 신음한다.
끙 끙 끙

초승달을 바라보며

고층 빌딩 사이로
현란한 네온사인과 가로등
까아만 하늘의 중천에 초승달
저 달이 온달이면 보름달
보름달이 덩실 뜨면 내 생일 달
6.25 사변 사 년 전 정해생 이월 보름날
그날이 나의 칠순 일

아직 찬바람이 가지 않았는데
시골집 작은 방
가마솥에 불 지피고
창호지 문짝
문풍지 사이로 바람이 새지 않았는지
아들 낳았다고 동네방네 소문 났겠지
샘가에 집 대문 위에 빨간 고추 단 금줄
미역국 드셨을 어머니
지금은 저 먼 곳 미궁의 하늘나라
그곳에서 평안한지 평안하소서

부부

부부란 좋을 때는 유촌
다툴 때는 무촌

호세아보다 못한 나
고멜보다 좋은 부인
그러면 잘잘못은 누구일까

다 용서하면 평화
다 사랑하면 살롬
다 참아주면 화평

토라지면 서로 손해
화기애애 가정 부흥

잔소리도 사랑하면 자장가
곱게 보면 다 아름다움
밉게 보면 다 증오의 불길

나이가 들어도
세월엔 관계없이
황혼 이혼도 불사

믿음의 부부란 서로 기도하고
서로 감싸주고 끝까지 친구로
부족함을 채워주는 아름다움

흰머리의 노부부 두 손 꼭 잡고
탄천의 등산로를 서로 의지하며 걸어간다.

섭리

두리뭉실 섭리라 생각하자
그러면 마음이 편하리라
생사화복을 섭리로 귀결하자
불만이 없으리라
시국이 하 어수선하여도
이것을 섭리로 규정하자
한 송이 꽃을 피우기 위해
천둥번개의 폭우도 있었다고
당신의 초롱초롱한 눈동자
바로 보고 희망의 씨를 뿌리자
훗날 새싹이 나올 것이라고
그렇게 소망 가운데 살자
이 밤이 지나면 새로 일출을 볼 것이라고
새꿈의 확신을 심어주자
내가 나를 위로하지 못하면 누가 나를 위로할꼬
경표야 너는 행복하다.
여기까지 살아온 것은 축복의 표징이다.

오! 아름다운 인생이여
오! 신나는 늙음이여
오! 사랑은 사랑할 줄 아는 자의 소유물이다.

송년 모임의 시낭송

각양 각색의 시인들의 시
계절의 사계를 노래한 시
부모의 효도를 기리는 시
인생의 애틋한 삶을 그린 시
사랑의 묘미를 구사한 시
부부의 갈등을 노래한 시
이별의 슬픔을 노래한 시
나라의 아픔을 기도한 시
정의에 불타는 용기의 시
시간의 야속을 그리는 시
말갛게 이슬처럼 구르는 시
인생의 고락을 읊은 시
서설의 오후에 시가 흐른다

떠나고 싶은 여행

떠나고 싶은 여행길
홀로 다도해 푸른 바닷가
동동 떠 있는 섬들을 바라보고
백사장 위 발자욱 남기며
잔잔한 파도 위 물고기 뛰는 모습
거추장스런 배낭도 없이
캐쥬얼의 간편한 복장
텅 빈 겨울 바다 해수욕장 분위기
허술한 주막집에 숨돌리며
친한 친구 불러 부침개 파전 시켜놓고
인생을 논하고 싶다
왜 사는가
무엇하며 살아야 하나
이름 석 자 어떻게 남기고 가야 하나
자손들의 본이 되는 종교인으로
유명하진 않아도 욕되지 않은 사람으로
그렇게 살다 가고 싶다.
여행의 끝자락에 저녁노을 바라보며……

강릉호의 야경

네온이 호수를 불빛으로 수놓았다.
빨강 노랑 파랑 총 천연색
네온이 춤춘다

호수의 무대 위에서
네온이 그림 그린다.
호수 위 도화지에
홍콩에 밤거리인가
한강의 밤길인가
잘 정비된 호수 공원
조각상이 친근감을 준다.

경포 해수욕장의 모래밭
불꽃놀이의 아이들
밤공기 가르는 바이클 질주
호수에 잠자리 찾은 철새들

전원의 도시
호수의 도시
숲속의 도시
도시가 숨 쉰다.

강원도의 험 산 밑에서…….

마지막 인사

파킨슨병에 시달린 회원
투석의 고통의 날
휠체어에 거동한 몸
노년의 싸우는 병고

이제나저제나
쾌유를 비는 마음
이제 가면 언제 오나
미국으로 딸 따라가신단다

살아올지 못 올지
조국 떠나 미국으로
한줄기 소망
중보 기도실

살아계신 주님 불쌍히 여기소서
은총 속에 사는 날 되소서
마지막 인사 안녕

남북이 하나 되어

막혔던 철조망 끊고
오가는 동포의 모습
금강산도 한라산도
육로로 오가는 모습
해로로는 연락선이
대동강에서 목포로
부산에서 두만강가
자유의 노래여
이산의 아픔 버리고
서로 오가며 주고받기
아름다운 미풍 살리어
콩 조각도 나눠 먹고
백지장도 맞들며
동해 서해 남해
대한의 깃발 펄럭이라
자주의 민족의 깃발
오대양 육대주에 기상을 뿜어라
백두에서 한라까지
자유의 물결 영원히 흐르라

그때 그 시절

가난에 찌들은 그 시절
먹을 것 입을 것 부족해도
자살이 없고 살인이 없는

없어도 나눠 먹고
못 입어도 흠이 없는
그 시절 그 사람들

닭서리 했어도
큰 흠이 되지 않는
법은 멀어도
법을 지키는

윤리와 도덕이 생활화된
가난한 군자들이 살던 그때
순박한 인심이 넘치는 그 마을
이제 사나운 인심 속에 그 시절이 그리웠다.

뻐꾸기 우는 소리

리듬에 맞춰 뻐꾸기 소리
옛날 시골집에서 듣던 그 소리
예나 지금이나 변함없는 목소리

그늘진 아파트 뒤쪽 벤치에 누워
산새 소리에 귀를 기울인다.

울창한 원시림
산새 소리 벌레 소리
개구리 울음소리

잿빛 하늘도 감사하다

신록은 마음의 안식처
신록은 고향의 추억
신록은 포근한 엄마 품

더위

이마에 땀이 송골송골
또르르 굴러떨어진다.

냉동고에 물수건 넣었다 냉찜을 한다.
37도 38도 계속 오르는 수은주

선풍기 에어컨 다 동원
올여름처럼 더운 여름은 처음이다.

겨울엔 핫팩
여름엔 냉팩

물수건을 목에 걸고
인간이 환경을 파괴한 죄를 생각해 본다

열대夜

우와아 덥다! 더워!
주르르 흐르는 땀방울
이십 삼시 삼십일도
이십오도 넘으면 열대야
앞뒤 열려진 아파트 창문
실바람을 맞이한다.
선풍기 제습기 활용
방 안 공기 최적화
환자처럼 얼음찜질
냉수건으로 더위를 식힌다.
대자리 펴고 누워 잠님 모신다.
새벽에도 이십팔도 지난밤도 열대야를 이긴
감사한 이 한밤

사랑은

사랑은 얇은 유리그릇
보기엔 아름답고 깨어지면 거친 쓰레기
언제는 밝은 태양 언제는 칠흑 같은 밤
언제는 하하하 호호호 언제는 눈물 콧물
요동치는 파도 잔잔한 물결
폭풍이 몰아치다 해 맑은 어느 봄날
밝은 미소 심각한 그늘 진 얼굴
별빛 쏟아지는 수많은 밤들
추억을 빚어낸 수많은 날들
티격태격 세월 따라 이리저리 엉글어 간다.
거친 주름살 하얀 머리털
인생의 뒤안길
돌담길 그 길을 걷고 있다.

허세

고양시에 천억짜리 땅
분당에 원룸 사십억
상가 몇백억

진짜인지 가짜인지
그 돈 다 쓰고 갈지

마음을 비우지 못하면
거품 허세 밀려온다.

말로는 집에 금 송아지
다 바람이어라
흘러간 유수여라
허무한 공허여라

허허허 허세로다
횟집 옆 남자 이야기
여자 애인 앞에 두고…….

Where are you go?

발달된 문명 속에 묻혀 인간의 본성이 말살되고
분이 가득하여 사나운 얼굴로 활보한다
어디로 가는 것일까 고장 난 나침반으로 항해하는 배처럼
세월 따라 물결 따라 바람 따라 흐르고 있다
왜 가는 것일까 시작도 끝도 없는 그 길 인생길
무엇 하러 가고 있나 꿈도 희망도 찾기 힘든 미궁의 길
어떻게 가야 바른길인가 그저 남 가는 데로 가고 있다
누가 주인인가 마누라인가 자식인가 자신인가
언제 어느 때 멈춰야 할 줄 모르고 간다
닻을 내려야 할 그때를 모른다
사계는 흘러도 인간은 계절을 잊은 채 가고 있다
방향도 목적도 삶도 희망도 다 희석되어 흐른다
낙엽이 물길 따라 떠내려가듯 흘러만 간다

풍성한 가을

가을은 가을은
노오란 벼들이 춤추는 평야
가냘픈 코스모스의 춤사위
하이얀 갈잎의 두 박자 지휘
칡넝쿨 잎이 너풀너풀
빠알간 고추잠자리
개망초 위를 서성인다.
바닷바람 불어오는 전망대
벼랑의 절벽에 나무 울타리
칠산 바다의 수평선 저 멀리
조기들의 꿈이 바닷물에 머문다.
풍력 전기를 생산하는 바람개비
풍성한 너그러움을 선사한 감나무 열매
참 아름답구나 주님의 세계

가을을 보내며

샛노란 은행잎 한잎 두잎 떨어질 때
저무는 햇살 아래 흘러가는 뭉게구름
아련히 떠 오르는 잊혀져간 임의 모습
쓸쓸한 갈 바람에 온몸이 시려온다.

고향 산하

바람이 가는 길 바람길 따라
구름이 가는 길 구름길 따라
나의 시선도 따라 따라간다
매미의 울음소리 고향 산 그리고
새들의 나는 모습 내 고향 산하
맑은 물에 헤엄치는 송사리 떼
근심 걱정 없는 내 고향 산천
들녘에 자라난 늘 푸른 곡식
예나 지금이나 노인들의 삶의 터전

가로등 벽화

어둠이 내리는 겨울밤
가로등만 빤히 비친다.
유리창 너머 잣나무 그림자
내 방 한쪽에 그려진 벽화

흑백 벽화
폰을 켜면 달아나고
불을 켜도 달아난다.

캄캄한 기나긴 겨울밤
고상한 벽화로 밤을 지킨 너
내가 잠든 사이에도 너는 그대로

이파리와 작은 가지 큰 가지
사실파 고마운 벽화
이 밤도 내일 밤도
그대로 그리리라

산 위에 오르면

산 위에 오르면
모든 것이 산 아래에 있다.

들도 내도 집도 도로도
마음을 키울 수 있고
겸손한 마음을 배울 수 있다.

세상의 모든 것 잊고 머물고 싶다

산은 말해준다.
욕심을 버리고 살라고
인생살이 별것 아니라고

먼바다에 떠가는
저 배는 어디로 가는지
세월 따라간다
조금씩 간다.

인생

여기까지 와버린 인생
시간을 어떻게 보냈는지
후회만 가득 남아 나를 재촉한다

노인은 건강이 최고
요양원 가지 않고
병원에 가지 않고 가는 것이
노후보장의 지름길

등산도 하고
운동도 하고
건강식품도 먹고
노년을 맞이한다

칠십 사세 별것 아닌데
영감 같은 삶
왜 이리 하루가 잘 가는지
번쩍하면 석양이다

제목 : 인생
시낭송 : 장화순
스마트폰으로 QR 코드를 스캔하면
시낭송을 감상할 수 있습니다

121

아 이 강산

이슬비 내리다 개인 하늘가
법화산 봉우리에 흰구름 동동
흘러가는 저 구름 가는 곳 어디
늦은 오후의 햇살이 나뭇잎에 쬐인다.
다들 바쁜 수확의 계절
다람쥐도 열심히 먹이 구하고
새들도 부지런히 냇물은 뒤진다.
풍성한 가을 선진국 나라
이 나라 국민임이 행복하다
세계에 우뚝 설 그날을 기대한다.
아름다운 이 강산 대한민국

칡넝쿨

감고 돌아 돌아 올라간 넝쿨
단풍나무 위로 뻗어
숲을 이루고
비자나무 감고 돌아
숲을 이루고
기생하여 볕 받은 칡넝쿨
온 산을 휘감아
칡넝쿨 밭이 됐네
힘없으면 밀리는
국력 힘없으면 망하는 가계
오늘도 생존경쟁에 뛰어들어 삶을 펼친다

가요 무대

이별 사랑 후회 아픔
구겨진 가락 따라
서글픈 애환
흘러간 세월 속에
추억들이 들춰지네
그 힘 그 정력 그 열심
이제 깨어진 잔영들
속살이 들춰진 패잔병처럼
파도에 부서진 모래알처럼
가을 하늘에 흘러간 흰구름처럼
사랑도 이별도 아픔도 슬픔도
부서진 인생의 자욱들
잔잔한 연못에 퍼져간 파장처럼
철 따라 나목으로 변해져 간다

그 겨울의 찻집

웃고 있어도 눈물이 난다 아름다운 죄
치매 5급 부인과 둘이 사는 집
학원에 다녀 요양보호사 자격증
인터넷 교육 치매 전문 교육수료증
가정요양 보호사로 근무
지남력 치매 알츠하이머
웃고 있어도 눈물이 난다
숙명이라 생각하자
나의 혈기를 누르고
나의 인내를 기르고
참자 이기자 섬기자
아름다운 죄
묻어두자
용서하자
숨겨두자
다짐을해도
또다시 혈기가
또 졸장부 참자
꾸우욱 꾹욱 꾹
숙명이라 생각하자
이해하자 감사하자
사랑하자 아기로 생각하자

바람잡이

바람잡이 많은 세상
안 그런 척 그런 척
TV에서 폰에서 거리에서
유흥업소 일반업소
호구가 따로 없다
걸려들면 호구 된다

보이스피싱 잘 넘어 가는 것
노인층

사회 경험은 많으나
못된 현대 경험은 적다
정신 못 차리면 호구 된다
유교사상 충효근본
정직 순종 겸손

현대인과 질이 다른
풍토에서 자람

살살 접근 잘난 척 접근
말에 속고 돈에 속고…….

고민 한 두 덩이씩

부자들은 돈 지키기 고민
돈 없는 자 돈 없어서 고민
권세 잡은 자 권세 못 부려서 고민
고민은 스스로 찾아온다.
다 털어 버리고 살아야 한다.
자식들 손자들 고민까지 하면 빨리 간다.
타이탄호 사나이의 장엄한 죽음
멍때린 듯
바람이 불면 부는 대로
물결이 치면 치는 대로
인생을 감사하며 살아가자

달마산 메아리

박경표 시집

2024년 12월 11일 초판 1쇄
2024년 12월 13일 발행
지 은 이 : 박경표
펴 낸 이 : 김락호
디자인 편집 : 이은희
기 획 : 시사랑음악사랑
연 락 처 : 1899-1341
홈페이지 주소 : www.poemmusic.net
E-Mail : poemarts@hanmail.net

정가 : 10,000원
ISBN : 979-11-6284-574-5